4 Juin 79.

DIAMANTS ET BIJOUX

De Feu S. M. la Reine

CHRISTINE D'ESPAGNE

COMMISSAIRE-PRISEUR

M⁰ BAUBIGNY, rue de Grammont, n⁰ 20

EXPERTS

MM. BAPST	**M. C. MANNHEIM**
Rue de Choiseul, n⁰ 20	Rue St-Georges, n⁰ 7

PARIS — 1879

V.ᵉ RENOU, MAULDE ET COCK

IMPRIMEURS DE LA COMPAGNIE DES COMMISSAIRES-PRISEURS

Rue de Rivoli, 144

VENTE

DE

BIJOUX ET DIAMANTS

De Feu S. M. la Reine

CHRISTINE D'ESPAGNE

ORDRE DES VACATIONS

PREMIÈRE VACATION

—

Mercredi 4 Juin

PENDANTS D'OREILLES............. Nᵒˢ 145 à 149
PARURES DIAMANTS................ 5 à 18

DEUXIÈME VACATION

—

Jeudi 5 Juin

OBJETS VARIÉS................... Nᵒˢ 234 à 242
PARURES PERLES.................. 1 à 4
   — SAPHIRS................... 19 à 22
OBJETS VARIÉS.................. 226 à 233

TROISIÈME VACATION

—

Vendredi 6 Juin

MONTRES ET CROCHETS........... Nᵒˢ 214 à 225
PLAQUES D'ORDRES.............. 31 à 37
PARURES ÉMERAUDES............ 23 à 30

QUATRIÈME VACATION

—

Samedi 7 Juin

BROCHES	Nᵒˢ 38 à 52
BRACELETS.	65 à 82
PARURES ᴇᴛ DEMI-PARURES.	118 à 128
PENDANTS DE COU	129 à 144

CINQUIÈME VACATION

—

Lundi 9 Juin

BROCHES	Nᵒˢ 53 à 64
BRACELETS.	83 à 100
ÉPINGLES.	150 à 162
BAGUES	163 à 178
BOUTONS DIVERS.	185 à 199

SIXIÈME VACATION

—

Mardi 10 Juin

BRACELETS.	Nᵒˢ 101 à 117
BAGUES.	179 à 184
BOUTONS DIVERS.	200 à 213
OBJETS VARIÉS.	243 à 260
DENTELLES.	261 à 265

CATALOGUE

DES

DIAMANTS

PERLES, SAPHIRS, ÉMERAUDES

BIJOUX VARIÉS

DÉPENDANT DE LA SUCCESSION

De S. M. la Reine CHRISTINE d'Espagne

ET DONT LA VENTE AURA LIEU

Par suite de licitation entre Majeurs et Mineurs

HOTEL DROUOT, SALLE N° 1

Les Mercredi 4, Jeudi 5, Vendredi 6, Samedi 7 Juin 1879
Et jours suivants

A UNE HEURE ET DEMIE PRÉCISE

Par le ministère de **Me BAUBIGNY**, Commissaire-Priseur,
rue de Grammont, 20,

Assisté de **MM. BAPST**, rue de Choiseul, n° 20, et Charles **MANNHEIM**,
rue Saint-Georges, n° 7.

EXPOSITIONS

PARTICULIÈRE	PUBLIQUE
Le Lundi 2 Juin 1879	Le Mardi 3 Juin 1879

PARIS — 1879

CONDITIONS DE LA VENTE

—

Elle sera faite expressément au comptant.

Les Acquéreurs paieront, en sus du prix d'adjudication, CINQ CENTIMES PAR FRANC, applicables aux frais.

DÉSIGNATION

PARURES PERLES

1 — Magnifique **COLLIER DE PERLES** à sept rangs, composés de cinq cent vingt-neuf perles. Le fermoir est orné d'un magnifique rubis entouré de brillants.

2 — **COLLIER**, composé de seize rangs de perles reliés à l'aide d'une **magnifique plaque** formée de neuf gros brillants.

3 — **COLLIER D'OR**, monté de brillants et enrichi de huit pendeloques perles.

4 — **BROCHE** disposée pour recevoir une miniature, ornée de vingt perles.

PARURES DIAMANTS

5 — **COLLIER EN DIAMANTS ANCIENS**, composé de trente-six brillants et de trente-cinq poires, dont dix-sept sont surmontées d'un brillant.

Pièce importante.

6 — Belle **RIVIÈRE**, composée de quarante-deux chatons.

7 — **PAIRE DE DORMEUSES**, composées de deux gros brillants anciens.

8 — Paire de **BOUCLES D'OREILLES**, composées chacune d'un brillant et d'une briolette en diamant.

9 — **DOUZE FLEURS** en diamants.

10 — **DEUX PIÈCES DE COIFFURE**, brillants montés sur or. Au centre de chaque ornement se trouve **un gros brillant** et **une pendeloque** également en diamant.

11 — **MONTURE D'ÉVENTAIL** en brillants. Chaque branche est ornée d'un gros brillant.

12 — Magnifique **MONTRE**, de Bréguet, à répétition, enrichie de diamants et accompagnée de son cordon en moire garni d'un coulant et de deux attaches en diamants. A une des extrémités du ruban est un anneau auquel sont attachés une clef et deux cachets, le tout en diamants.

Pièce importante.

13 — **BROCHE CAMÉE** entourée d'un rang de brillants et d'un rang de feuillages et brillants.

14 — **BROCHE** et deux pendants d'oreilles formés de branches en or émaillé bleu, enrichies de brillants et d'une large feuille pavée de brillants.

15 — **BROCHE RONDE**, formée d'un rang de brillants, avec intérieur formant médaillon et couverte par deux plaques d'émail à fond bleu clair.

16 — **FACE A MAIN** en or, offrant sur chacune de ses faces un oiseau debout sur une boule de corail. Le corps des oiseaux est pavé de roses et les yeux ainsi que le bec sont en rubis.

17 — Très-belle **GARNITURE DE BUREAU**, composée de : un Porte-Plume, un Porte-Crayon, un Couteau à papier, un Cachet, un Poinçon, un Canif et un Grattoir, à manches pavés de diamants, avec feuillages et fruits émeraudes et rubis,

Ensemble remarquable.

18 — Belle **PARURE**, composée des pièces ci-après désignées :

1° Une Broche, de forme ronde, en brillants montés sur or, avec trois aiguillettes; le centre est orné de sept gros brillants.

3° Une petite Broche, de forme ronde, en brillants montés sur or. Au bas de cette broche est accroché un gros brillant monté sur or.

3° Une petite Broche, de forme ronde, en brillants montés sur or.

4° Un Bracelet, chaîne jarretière, avec plaque en brillants montés sur or. La chaîne d'or est terminée par cinq brillants pendeloques.

5° Une paire de Boutons d'oreilles composés de deux gros brillants montés sur or.

Cette Parure sera divisée.

PARURES SAPHIRS

19 — **LARGE CEINTURE**, saphirs et brillants, composée de huit plaques ovales, avec saphir au centre et de sept entre-deux, dont cinq ornés chacun de trois saphirs et les deux derniers d'un seul saphir au centre.

20 — **COLLIER**, saphirs et brillants, composé de huit plaques avec saphir au centre et de neuf jolies poires saphir taillées à facettes.

21 — **PIÈCE DE COIFFURE**, saphirs et brillants, composée de cinq fleurs en brillants avec saphir au centre et de deux poires saphir taillées à facettes.

22 — Deux **BOUCLES D'OREILLES**, saphirs et brillants, composées de deux boutons saphir entourés de brillants et de deux poires saphir taillées à facettes.

PARURES ÉMERAUDES

23 — **GRAND COLLIER**, diamants, émeraudes et perles, composé de sept plaques émeraudes taillées entourées de diamants, quatorze pendeloques perles, dix pendants émeraudes cabochon, trois pendants émeraudes, sept perles entre-deux entourées de brillants et quatorze guirlandes de brillants.

Pièce importante.

24 — Magnifique **ORNEMENT DE CORSAGE,** en brillants émeraudes et perles. La plaque du centre est composée d'une grosse perle entourée de huit gros diamants. Les pendants sont formés de dix émeraudes cabochon, une émeraude gravée et une autre taillée entourées de diamants et de neuf grosses pendeloques perles.

Les diverses parties de cette pièce sont reliées entre elles par des festons et des rosaces en diamants.

Ouvrage important.

25 — **DIADÈME** en brillants, émeraudes et perles. Il se compose de neuf fleurons ornés chacun d'une émeraude taillée entourée de diamants et de huit entre-deux formés d'une poire perle.

Pièce importante.

25 *bis* — Neuf gros chatons en brillants, pouvant remplacer les neuf fleurons émeraudes du Diadème qui précède.

26 — **PLAQUE DE CORSAGE,** montée de dix émeraudes et de brillants.

27 — Deux **BOUCLES D'OREILLES,** émeraudes entourées de diamants et poires émeraudes facettées.

28 — **COLLIER** composé de onze émeraudes cabochon et d'entre-deux pavés de brillants. Monture sur or.

29 — **BRACELET**, diamants et émeraudes à ornements en trèfle dont le centre est occupé par une émeraude taillée. Le médaillon du centre est disposé pour recevoir un portrait.

30 — **PETITE BROCHE**, formée d'une émeraude entourée d'ornements en brillants.

PLAQUES D'ORDRES

31 — **GRANDE PLAQUE** en brillants, de l'ordre d'Isabelle la Catholique.

32 — **PETITE PLAQUE**, du même ordre, en brillants.

33 — **GRANDE PLAQUE** en brillants, de l'ordre de Sainte-Anne de Russie.

34 — **DÉCORATION RUSSE**, composée d'une plaque émaillée entourée d'un cercle et de rayons en brillants, avec attache ou barette ornée de cinq gros brillants.

35 — **ORDRE DE LA TOISON D'OR** en or ciselé et émaillé, avec plaque ornée d'un beau saphir entouré de neuf brillants

36 — **PLAQUE D'ORDRE**, de forme ovale, en or émaillé bleu, rouge et noir, enrichie de diamants, et portant le mot *Constance* exécuté en roses.

37 — **PETITE PLAQUE** d'ordre en or émaillé, portant la devise *Salus* et *Gloria*. Au-dessus, un cœur en diamants.

———

BROCHES

38 — **GRANDE BROCHE**, formée d'un péridot rectangulaire taillé à degrés et entouré de diamants.

39 — **DEUX BROCHES**, formées d'un nœud de ruban, en brillants, garni de deux pendants péridots.

40 — **BROCHE**, rubis-cabochon, perles, brillants et roses à rosace et pendant ornés d'une perle grise, forme poire.

41 — **BROCHE**, formée d'un médaillon disposé pour recevoir un portrait, en or, à grecque émaillée noir, contenant dix rubis et dix perles.

42 — **BROCHE**, formée d'une branche de fleurs en brillants, avec grosse turquoise au centre.

43 — **BROCHE**, formée d'un carquois, d'un arc, d'un cœur et de feuillages en diamants et turquoises.

44 — **BROCHE**, formée d'une branche, avec ruban en or émaillé vert, fleurs et feuillages en diamants et perles.

45 — **BROCHE** ovale, à bande d'or émaillé noir, enrichie de rosaces et fleurettes en diamants, rubis et émeraudes, avec chaînettes de perles.

46 — **BROCHE**, formée d'une branche de fleurs en or, à feuillages émaillés vert et enrichie d'émeraudes, rubis, diamants et perles.

47 — **BROCHE**, or émaillé noir, en forme de quadrilobe, ornée de pierreries, de cinq brillants et de perles, avec pendilles.

48 — **BROCHE**, de forme ronde, avec plaque d'or émaillé violet, ornée d'une rosace en diamants et entourée d'un serpent en or, dont la tête est garnie de brillants.

49 — **BROCHE** à rinceaux d'or, enrichis de pierreries et de perles.

50 — **BROCHE** ronde en or mat incrusté de cinq rubis et quatre émeraudes, avec entre-deux à fleurons d'émail noir et roses.

51 — **BROCHE** ronde, ornée de sept étoiles en diamants se détachant sur un fond de mosaïque de grenat. Monture en or.

52 — **BROCHE**, formée d'un cartouche oblong en sardoine, monté en or, avec applique ciselée à trophée incrusté de roses. Cette pièce se termine par un camée et elle est enrichie de diamants, de perles et de saphirs.

53 — **BROCHE** ronde, formée de quatre compartiments en grenat, d'une croix de jaspe et se terminant par des fleurs de lis. Elle est enrichie d'un brillant, de quatre perles fines et de roses.

54 — **BROCHE** ovale en or mat, ornée d'une topaze entourée d'un rang de roses et de huit perles.

55 — **BROCHE** ovale, formée d'une opale entourée de rubis et incrustée d'une pensée exécutée en roses et émeraudes.

56 — **DEUX BROCHES**, avec entourages en or gravé, perles et turquoises.

57 — **BROCHE**, camée tête de Minerve, entouré de roses et de perles.

58 — **TROIS GRANDES BROCHES**, formées d'oiseaux en argent oxydé, feuillages en émail vert, avec grosses perles baroques et diamants.

59 — **PETITE BROCHE** rectangulaire, entourée de brillants, disposée pour miniature.

60 — **BROCHE**, formée d'un scarabée en topaze, or, diamants et rubis.

61 — **QUATRE BROCHES** en émail, mosaïque et camées coquilles.

62 — **BROCHE**, formée de trois anneaux, de style étrusque.

63 — **BROCHE** d'or, avec pendant, de style étrusque.

64 — **BROCHE** d'or, avec boule lapis, chiffres en roses et trois pendants lapis. Elle est enrichie de quatre perles.

BRACELETS

65 — **BRACELET** en or gravé et émaillé bleu, avec médaillon disposé pour recevoir une miniature, entouré de brillants.

66 — **BRACELET** en or gravé, rehaussé d'entrelacs et de filets émaillés noir. Il est enrichi de trois émeraudes, avec entourages et feuillages en brillants.

67 — **BRACELET** disposé pour recevoir une miniature, avec entourage, feuillages et ornements exécutés en diamants et rubis.

68 — **BRACELET** en or gravé, avec médaillon entouré de rubans
émaillés vert et de feuilles en diamants.

69 — **BRACELET** en or gravé, avec plaque à entrelacs émaillés
rose et diamants, enrichie de deux émeraudes carrées.

70 — **BRACELET**, formé d'une chaîne Bisson en or, avec plaque
et pendant ornés de rubis et de diamants.

71 — **BRACELET** spirale en or, à trois rangs de diamants, émeraudes, rubis, perles et saphirs.

72 — **BRACELET** large en or, à brisures et à branche de fleur
ciselées, émaillées vert et enrichies de brillants.

73 — **BRACELET** en or, émail bleu clair, orné d'une perle grise,
d'un serpent et de feuillages exécutés en diamants.

74 — **BRACELET** d'or uni, avec applique à rinceaux d'émail noir
et branches de diamants enrichies de douze perles et neuf
émeraudes.

75 — **BRACELET** d'or avec médaillon enrichi d'entrelacs grenat,
et entre-deux en diamants.

76 — **BRACELET**, à bandes de feuillages en or ciselé et grecques
émaillées noir, enrichi de deux perles entourées de brillants
et garni d'une chaînette ornée de quatre perles.

77 — **BRACELET** serpent en or émaillé bleu, enrichi de diamants.

78 — **BRACELET** d'or, à trois corps à jour portant le mot : *Recuerdo* exécuté en roses.

79 — **DEUX BRACELETS** de velours, ornés chacun de quatre attaches en brillants et à médaillon disposé pour recevoir un portrait entouré d'un rang de brillants.

80 — **LARGE BRACELET** d'or, avec double grecque émaillée noir et blanc. Il porte le mot *Souvenir* exécuté en rubis.

81 — **BRACELET** jonc en or, émail bleu brillants sertis argent et grappes de groseille brillants sertis en or.

82 — **BRACELET** en or, avec plaque losange à feuillages ciselés et découpés, et attaches formées de brillants et de petits rubis.

83 — **BRACELET** en or gravé, avec camée tête de négresse entouré de rubis et de diamants. Il est garni d'une chaîne à boules d'onyx.

84 — **BRACELET** d'or à pans, orné de sept boules de corail, avec brillant à leur partie supérieure.

85 — **BRACELET** en or, orné de quatre camées corail reliés par des brillants et médaillon entouré de six brillants.

86 — **BRACELET** d'or, à inscriptions réservées sur fond d'émail bleu clair, avec entre-deux ornés d'un brillant et chiffre exécuté en roses.

87 — **BRACELET** orné de huit pierres de couleur entourées de feuillages émaillés. La plaque centrale est enrichie de turquoises et de diamants.

88 — **BRACELET** en or, chaîne boules, avec médaillon cœur, grenat monté en or et roses.

89 — **DEUX BRACELETS**, avec médaillons disposés pour miniature, avec entourages à rinceaux ciselés enrichis de diamants et d'émeraudes.

90 — **BRACELET** jarretière en or, avec plaque et extrémité en perles et roses.

91 — **BRACELET** d'or, à quatre joncs, et médaillon cœur pavé de brillants.

92 — **BRACELET** d'or, à ornements repercés à jour et enrichi de deux perles.

93 — **DEUX BRACELETS** en or, à entre-deux ciselés et olives unies, avec médaillon à fleurs ciselées et brillants.

94 — **BRACELET**, formé de sept plaques carrées émaillées noir, avec pensées exécutées en roses.

95 — **BRACELET**, formé d'une chaîne d'or gourmette, avec cadenas formé d'un grenat entouré d'un serpent en diamants.

96 — **BRACELET** en or mat, à brisures et quadrillages, avec plaque ovale formant médaillon orné d'une croix émaillée bleu et étoile brillant.

97 — **BRACELET** chaîne souple en or et turquoises, avec médaillon à quatre lobes émaillé noir et turquoise entourée de quatre brillants.

98 — **BRACELET** large en or uni, avec plaque émaillée noir et attaches de perles et de six rubis.

99 — **BRACELET** en or gravé, avec plaque camée entourée de diamants, de perles et de rubis. Il est enrichi d'une chaînette et de pendeloques exécutées en perles, rubis et diamants.

100 — **BRACELET** chaîne tresse d'or, garni de trois médaillons.

101 — **BRACELET**, composé de six plaques carrées en or, avec émail turquoise au centre de chacune d'elles entouré de petits brillants.

102 — **BRACELET**, à maillons élastiques, en or incrusté de turquoises et plaques à larges feuilles enrichies de diamants et de demi-perles. Il est garni d'un petit médaillon forme cœur.

103 — **DEUX BRACELETS**, chaîne gourmette en or, avec pendants en grenat; l'un d'eux forme cœur entouré de roses.

104 — **BRACELET** à tiges, boules et médaillons en or, avec perles, demi-perles et petits rubis cabochons.

105 — **PLAQUE DE BRACELET**, formant médaillon entouré de feuillages émaillés vert et fleurettes en brillants.

106 — **PLAQUE DE BRACELET** formée d'une boule de corail, avec entourage en roses et filet émaillé noir.

107 — **LARGE BRACELET** en or émaillé, portant divers emblèmes.

108 — **BRACELET**, à entrelacs d'or et émail, enrichi de pièces de monnaies espagnoles anciennes.

109 — **PETIT BRACELET** ruban émail bleu, avec boucle en roses.

110 — **BRACELET** formé d'une chaîne d'or, garnie de quantité de breloques.

111 — **BRACELET** or et boules de lapis, de style étrusque.

112 — **BRACELET** formé d'une chaîne d'or, garni de divers médaillons.

113 — **BRACELET** en or émaillé bleu et étoiles réservées en or.

114 — **BRACELET** en or émaillé, avec main tenant un éventail.

115 — **BRACELET** en or émaillé, enrichi de rubis cabochons, de brillants et de roses, avec médaillon orné de turquoises et de diamants.

116 — **BRACELET**, formé d'une chaîne boules en or et d'un grenat cabochon.

117 — **BRACELET** avec chaîne d'or forme boudin, et médaillon fer à cheval turquoises.

PARURES ET DEMI-PARURES

118 — DEMI-PARURE, composée d'une broche et de deux bou
cles d'oreilles ornées de camées têtes de femmes sur éme-
meraude, avec monture grecque en émail noir et entourages
de roses.

119 — DEMI-PARURE, composée d'une broche et deux boutons
de manchettes en onyx noir incrusté d'un carré de roses,
avec pierre de couleur au centre.

120 — DEMI-PARURE, composée de trois mouches exécutées en
perles, or, roses et rubis.

121 — DEMI-PARURE, composée d'une broche et de deux pendants d'oreilles, de forme ronde, en or émaillé noir incrusté de
roses et offrant au centre une boule de corail.

122 — DEMI-PARURE, composée d'une broche et deux boutons
de manchettes en onyx d'Allemagne, avec rosaces en roses et
turquoise au centre.

123 — DEMI-PARURE, composée d'une broche et de deux épingles
de bonnet ornés de camées corail.

124 — **PARURE**, de style étrusque, en or et boules de corail. Elle se compose de : un Collier, deux Bracelets, une Broche, deux Pendants d'oreilles et deux Épingles de bonnet.

125 — **DEMI-PARURE** or, turquoises et perles.

126 — **DEMI-PARURE**, formée de petits insectes, montés en or.

127 — **PARURE**, de style étrusque, en or et camées, composée de : un Collier avec pendants, un Bracelet, une paire de Pendants d'oreilles et une Broche.

128 — **SÉRIE DE CAMÉES** disposés pour former une parure.

PENDANTS DE COU ET COLLIERS

129 — **PENDANT DE COU**, grenats et diamants.

130 — **MÉDAILLON** ovale, or et cristal, à fer à cheval incrusté, orné de saphirs et de diamants.

131 — **COLLIER**, formé d'un serpent flexible, en or émaillé.

132 — **PENDANT DE COU**, en forme de médaillon ovale, en cristal, avec cercles et traverses en émeraudes et brillants, et chaîne tour de cou en or.

133 — **PENDANT DE COU**, en forme de croix d'or incrustée d'une émeraude entourée de diamants, avec chaîne tour de cou en or.

134 — **PENDANT DE COU**, en forme de cœur d'or, enrichi de rubis et de diamants, avec chaînette d'or.

135 — **PENDANT DE COU**, de forme ovale, en cristal, avec étoile ornée d'un saphir entouré de huit brillants.

136 — **MÉDAILLON** ovale en or et platine, avec chiffre incrusté en diamants et rubis.

137 — **MÉDAILLON** ovale en or mat, avec branche de fleurs rapportée en relief, exécutée en diamants et perles.

138 — **MÉDAILLON** ovale, avec tête égyptienne émaillée en couleur et entourage orné de petites perles.

139 — **COLLIER** avec pendant en or, de style étrusque.

140 — **CHAINE DE COU** en or et perles fines.

141 — PENDANT DE COU en or émaillé et demi-perles orné d'une tête de chérubin sur fond noir et d'un buste de jeune fille. Travail de Genève.

142 — CHAINE DE COU en or, modèle serpent

143 — CHAINE DE COU, formée d'une gourmette d'or.

144 — AUTRE CHAINE à maillons émaillés.

—

PENDANTS D'OREILLES

145 — DEUX BOUTONS D'OREILLES ornés chacun d'un rubis entouré de brillants.

146 — DEUX PENDANTS D'OREILLES formés de feuillages en diamants, monture or. Le milieu manque.

147 — DEUX BOUTONS D'OREILLES, formés de papillons en diamants et pierres de couleurs, avec perle fine au crochet.

148 — DEUX BOUTONS D'OREILLES, rubis et brillants, avec pendeloques perles.

149 — DEUX PENDANTS D'OREILLES en cristal, avec grecques incrustées et exécutées en pierres de couleurs.

ÉPINGLES

150 — **ÉPINGLE**, saphir entouré de brillants.

151 — **ÉPINGLE**, opale entourée de brillants, trois feuilles à sa partie inférieure.

152 — **ÉPINGLE**, rubis entouré de brillants.

153 — **ÉPINGLE**, formée d'un saphir pendeloque et de feuilles en brillants.

154 — **ÉPINGLE**, formée d'une palmette en brillants et perles fines.

155 — **ÉPINGLE**, ornée d'une couronne de lauriers et d'ornements en brillants.

156 — **ÉPINGLE** ovale, avec entourage et feuillages en diamants.

157 — **ÉPINGLE** en brillants et roses, en forme de cœur, avec émeraude au centre et pavillon à pendeloque au-dessus.

158 — **ÉPINGLE** de cravate, avec serpent en diamant et perle de rivière poire.

159 — **ÉPINGLE**, médaillon navire, avec entourage et feuilles en brillants.

160 — **ÉPINGLE** médaillon avec serpent et fleurs exécutés en roses et rubis.

161 — **ÉPINGLE** de cravate, formée d'une boule en lapis avec étoiles en roses.

162 — **DEUX ÉPINGLES** de coiffure, à boules d'or et petites perles.

BAGUES

163 — **BAGUE** d'or, avec chaton formé d'une émeraude entourée de brillants.

164 — **BAGUE** d'or, avec chaton formé d'un rubis entouré de brillants.

165 — **BAGUE**, émeraude losange entourée de brillants.

166 — **LARGE BAGUE** avec corps et chaton composés de feuillages et d'ornements en brillants.

167 — **BAGUE-MONTRE** en or émaillé bleu et blanc, enrichie de roses. La montre mobile a sa cuvette émaillée et représente la Vierge à la chaise d'après Raphaël.

168 — **BAGUE** d'or ciselé, avec chaton diamant jaune. Le corps de la bague est disposé pour recevoir des cheveux.

169 — **BAGUE** d'or, avec émeraude portant un chiffre gravé.

170 — **BAGUE** d'or, disposée pour recevoir des cheveux, avec brillants et petites roses.

171 à 178 — **VINGT-SIX BAGUES** d'or, la plupart enrichies de diamants, perles et pierres de couleurs. Ce lot sera divisé.

179 à 184 — **VINGT-DEUX BAGUES** en or et pierres diverses. Ce lot sera divisé.

—

BOUTONS DIVERS

185 — **NEUF BOUTONS DE GILET** en or émaillé bleu étoilés d'or et ornés chacun d'un gros diamant.

186 — **CINQ BOUTONS DE GILET** en or émaillé rouge et diamants.

187 — **HUIT BOUTONS DE GILET** en émail bleu et diamants.

188 — **SEPT BOUTONS DE GILET,** boules à jour émaillées bleu et diamants.

189 — **TROIS BOUTONS DE CHEMISE,** composés d'un rubis entouré de brillants.

190 — **TROIS BOUTONS DE CHEMISE,** composés d'une jacinthe entourée de brillants.

191 — **DEUX BOUTONS DE CHEMISE,** composés d'un rubis et de huit brillants.

192 — **TROIS BOUTONS DE CHEMISE,** composés d'une turquoise émail entourée de brillants.

193 — **CINQ BOUTONS DE CHEMISE** à médaillon entouré de brillants.

194 — **UN BOUTON** formé d'un saphir.

195 — **TROIS BOUTONS DE CHEMISE,** composés chacun d'un camée, tête de nègre, entouré de diamants.

196 — **BOUTON DE CHEMISE,** formé d'un oiseau en brillants.

197 — **DEUX BOUTONS DE MANCHETTES,** rubis et brillants.

198 — **DOUZE BOUTONS**, boules de corail et neuf boutons or, avec inscriptions.

199 — Paire de **BOUTONS DE MANCHETTES**, formés de médailles antiques en or.

200 — **DEUX BOUTONS DE MANCHETTES** en or, avec médaillons ronds peints sur émail.

201 — Paire de **BOUTONS DE MANCHETTES**, à tubes d'or et perles fines.

202 — **DEUX BOUTONS DE CHEMISE**, formés chacun d'une pierre fine.

203 — Paire de **BOUTONS DE MANCHETTES** en or, à grecques émaillées noir et dix roses.

204 — **SEPT BOUTONS DE GILET** en lapis, ornés chacun d'une rose.

205 — **DEUX BOUTONS DE CHEMISE**, formés chacun d'une rosace petits brillants.

206 — Deux paires de **BOUTONS DE MANCHETTES** et deux **BOUTONS DE CHEMISE**, diamants et émail.

207 — **DEUX BOUTONS DE CHEMISE**, perles d'Écosse
    entourées de roses.

208 — **QUATORZE BOUTONS**, formés de boules en malachite,
    dont dix ornés de roses et de brillants.

209 -- **TROIS BOUTONS DE CHEMISE** en or émaillé, opales
    et roses.

210 — **NEUF BOUTONS DE GILET** en or émaillé bleu-clair
    et bleu-foncé.

211 — **DEUX BOUTONS** lapis et or.

212 — **GARNITURE DE BOUTONS** corail, dont quatre enri-
    chis de brillants.

213 — **HUIT BOUTONS DE GILET**, formés de boules d'or
    unies.

MONTRES ET CROCHETS

214-215 — **DEUX MONTRES** d'or, pavées de demi-perles, avec
    chaînettes d'or et clefs demi-perles.

216 — **MONTRE** placée dans un cadenas en or émaillé bleu, avec
    fausse entrée entourée de roses.

217 — **CROCHET ET MONTRE** en or émaillé bleu, décorés de fleurs et demi-perles.

218 — **PETITE MONTRE** à cuvette d'or gravé et émaillé.

219 — **MONTRE**, en forme de cœur, en or uni, avec chaînette d'or garnie d'un coulant orné d'un brillant.

220 — **MONTRE** d'or à remontoir, à cuvette guillochée.

221 — **BRELOQUET ET SA MONTRE** en or et émail à fond gris et fleurs.

222 — **CHATELAINE** en or, à ruban émaillé bleu turquoise et enrichie de brillants, avec clef et cachet de même travail.

223 — **MONTRE** de Breguet en argent.

224 — **DEUX MONTRES** en or émaillé ; l'une d'elles à mouvement visible.

225 — **MONTRE** placée dans une large pièce de monnaie d'or espagnole.

OBJETS VARIÉS

226 — **CADRE OVALE,** formé d'un large bandeau plat à rinceaux à jour exécutés en roses et améthystes. Travail ancien.

227 — **PISTOLET DOUBLE** en or émaillé et ciselé, enrichi de diamants et garni de demi-perles. Ce pistolet renferme un petit oiseau automate et chantant. Travail de Genève du temps de Louis XVI.

228 — **TABATIÈRE RECTANGULAIRE** en or ciselé, disposée pour recevoir un portrait. Le médaillon est entouré d'un rang de brillants et chacun des angles est orné d'un brillant.

229 — **LIVRE DE MESSE,** dans une riche reliure à fond guilloché émaillé violet, couvert d'ornements de style gothique en or ciselé et enrichi de peintures sur émail et de diamants

230 — **PETIT VASE,** de forme surbaissée, en or, à bande d'émail bleu-clair, garni de têtes de bélier en or émaillé et de guirlandes de fleurs en or de couleur ciselé. Ce vase contient une branche d'œillet dont les feuilles sont émaillées vert et la fleur exécutée en diamants.

231 — **SOUVENIR** en or ciselé, à mascarons et ornements. Chacune de ses faces est enrichie d'un rang de brillants. Le crayon est terminé à sa partie supérieure par un brillant.

232 — **CARNET DE POCHE** en or ciselé à ornements et figure de Renommée. Il est enrichi d'oiseaux, de rinceaux et de fleurs exécutés en diamants. Le porte-crayon est entouré d'un serpent de roses.

233 — **SOUVENIR** en écaille monté en or, avec médaillon en largeur, contenant le mot *Souvenir* entouré d'un rang de petits brillants.

234 — **FLACON**, en forme de vase, en or de couleur ciselé, à ornements rocaille et fleurs et incrusté de pierreries. Il est enrichi de figurines d'amours en argent ciselé. Le bouchon est surmonté d'une perle entourée de brillants.

235 — **CASSOLET E**, de forme ovale, à cuvette en grenat; elle est montée en or ciselé et le couvercle est formé d'un camée sur agate onyx représentant une nymphe et un satyre entouré d'un rang de roses.

236 — **PRESSE-PAPIER** en aventurine de Venise, servant de base à un oiseau à tête de dragon, dont le corps est formé d'une perle baroque, avec monture en or émaillé enrichie de diamants.

237 — **PETIT PRESSE-PAPIER** en or, servant de base à un petit chien exécuté à l'aide d'une perle baroque et d'or émaillé blanc. Il est couché sur une perle baroque entourée de filigrane d'or et de turquoises. Cette pièce renferme un médaillon disposé pour recevoir une miniature.

238 — **PORTE-MECHE** en or ciselé, enrichi de feuillages et de cercles exécutés en brillants.

239 — **BONBONNIÈRE** en or mat, décorée d'ornements en relief émaillés en couleur, et enrichie de turquoises, de demi-perles et de rubis.

240 — **PORTE-MONNAIE** en or gravé et émaillé bleu. Il renferme un médaillon couvert par une plaque émaillée bleu, avec branche de fleurs exécutée en roses. Travail moderne de Genève.

241 — **CACHET** formé d'une main en or ciselé. Cette pièce est disposée à sa partie supérieure pour recevoir un portrait. Ce médaillon est couvert par une plaque ciselée enrichie d'un diamant et de pierres de couleur.

242 — **PORTE-CRAYON-PORTE-PLUME** en or gravé, enrichi de pierreries.

243 — **BÉNITIER** avec croix en onyx et coupe en cristal de roche gravé, monture en argent ciselé, doré en partie, avec figures d'anges et cœur formé d'une grosse perle fine. Sur la croix un médaillon en or émaillé et roses.

244 — **TABATIÈRE** oblongue en argent gravé et doré.

245 — **PORTE-CRAYON** en or gravé.

246 — **CANNE** en jonc, avec poignée en or, à feuillages émaillés vert et chien couché ciselé.

247 — Paire de **BOUCLES DE SOULIERS** et paire de **BOUCLES DE JARRETIÈRES** en or ciselé.

248 — **HUIT RUBIS** sur papier.

249 — **CHAPELET** composé de boules d'onyx et d'un camée, buste de Vierge, avec monture en or.

250 — **DEUX AGRAFES** de manteau à têtes de lion et écussons en or.

251 — **LOT DE BIJOUX DIVERS** en or : Bracelet, Boutons, etc.

252 — **PORTE-CIGARES** en argent ciselé et doré.

253 — **LORGNETTE** en or ciselé.

254 — **BONBONNIÈRE** en lapis, monture filets or.

255 — **PORTE-PLUME** en or poli gravé, avec petit cercle garni
de pierres de couleurs.

256 — **CHAINE DE GILET** or mat, anneaux entrelacés, avec
clef formant cachet.

257 — **CANNE** en corne de rhinocéros, avec pomme en jaspe, garnie
de rubis et de brillants.

258 — **CANNE A ÉPÉE** avec pomme en or, garnie d'une émeraude, cercle en améthystes et montée de brillants.

259 — **CANNE** en jonc, avec pomme en jaspe, monture or et
perles.

260 — Petit **MÉDAILLON**, forme cœur, en or et pavé de brillants.

DENTELLES

261 — Beau Dessus de lit en point à l'aiguille.

262 — Volant en point à l'aiguille, de 11^{m}50 de longueur sur 25 cent. de hauteur.

263 — Onze Garnitures pour vêtements ou tentures en point à l'aiguille à dessins variés.

264 — Deux Volants en point d'Alençon, chacun de 3^{m}80 de longueur et de 15 cent. de hauteur.

265 — Divers Coupons de dentelle pour manches, garnitures de robes, etc., en point d'Alençon, point à l'aiguille et autres.

Vve Renou, Maulde et Cock, imprimeurs de la Compagnie des Commissaires-Priseurs, rue de Rivoli, 144.   96226

www.ingramcontent.com/pod-product-compliance
Lightning Source LLC
LaVergne TN
LVHW011403170726
843501LV00006B/1974